귀염 뽀짝
사랑 뿜뿜

저자 소개 **주영희**

보드라운 바람을 타고 너울대는 오월의 연둣빛과 돌다리 아래 조잘조잘 흐르는 얕은 물소리가 싱그러운 산책길 아침을 열어줍니다.

길섶 돌 틈 사이에서 수줍게 웃고 있는 들꽃들과 물아래에서 열심히 발을 구르며 힘겹게 물살을 가르는 아기 오리들이 저마다 다른 빛깔로 감동을 전해줍니다.

중고등학교에서 수학교사로 40년간 근무하고 퇴직한 후 소소한 일상이 주는 따뜻함을 그림으로 표현하고 있습니다.

『귀염 뽀짝 사랑 뿜뿜』은 아침 산책길에서 만난 오리 가족과의 정겨운 시간의 잔향을 색연필로 담아 우리 가족과 함께 만든 첫 번째 그림책입니다.

귀염 뽀짝
사랑 뿜뿜

ⓒ 주영희, 2025

초판 1쇄 발행 2025년 1월 23일

지은이   주영희
그린이   주영희
펴낸이   이기봉
편집   좋은땅 편집팀
펴낸곳   도서출판 좋은땅
주소   서울특별시 마포구 양화로12길 26 지월드빌딩 (서교동 395-7)
전화   02)374-8616~7
팩스   02)374-8614
이메일   gworldbook@naver.com
홈페이지   www.g-world.co.kr

ISBN   979-11-388-3807-8 (73810)

뽀글이와 오리 가족 이야기

귀염 뽀짝 사랑 뿜뿜

글·그림 주영희

좋은땅

우리 가족이 사는 곳은 아름다운 호반 도시 춘천이에요.

집 앞의 석사천은 의암호로 흘러들고,

물길 따라 예쁜 산책로가 이어져 있어요.

나는 뽀글이,
연갈색 털이 뽀글뽀글한 푸들이지요.

보드라운 바람에 새싹이 파릇파릇 고개 드는 5월,
엄마 아빠 함께 나선 석사천 산책길에는 연두색이 너울너울 춤을 추고.

반짝이는 물결 위에

뽀송뽀송 솜 방울 같은

아기 오리들이 경주하듯 헤엄쳐 가요.

길~게 늘어진 검은 눈매와

불쑥 튀어나온 주둥이 끝 노란색 립스틱,

하얀 뺨이 도드라진 흰뺨검둥오리예요.

빳빳이 고개 들고 늠름하게 세상을 보고 있는

담갈색 날개 밑에 품은 청록색 깃털,

그 사이사이 새하얀 색도 살짝 내보이는 멋쟁이들.

이른 봄,
엄마 오리는 갈대 사이 덤불숲에 둥지를 틀고
가슴털을 모아 포근한 요람을 만들었어요.

어느 날, 포근한 요람 안에는 사랑으로 낳은 알들이 가득해졌어요.

엄마 오리는 사랑으로 알을 품고 아빠 오리는 그 곁을 든든히 지켰어요.

아기 오리들이 태어났어요.

노-란 얼굴에 갈색 솜털이 뽀송뽀송, 앙증맞은 여덟 마리.

음~ 너무너무 귀여워 뽀뽀하고 싶지만…

안 되겠지요? 후훗

17

여린 새싹 사이로

먹이를 찾는 송골송골 밤송이 같은 아기 오리들.

'조심들 해야 해요!'

엄마 오리의 마음엔 대견함과 걱정이 섞여 있지요.

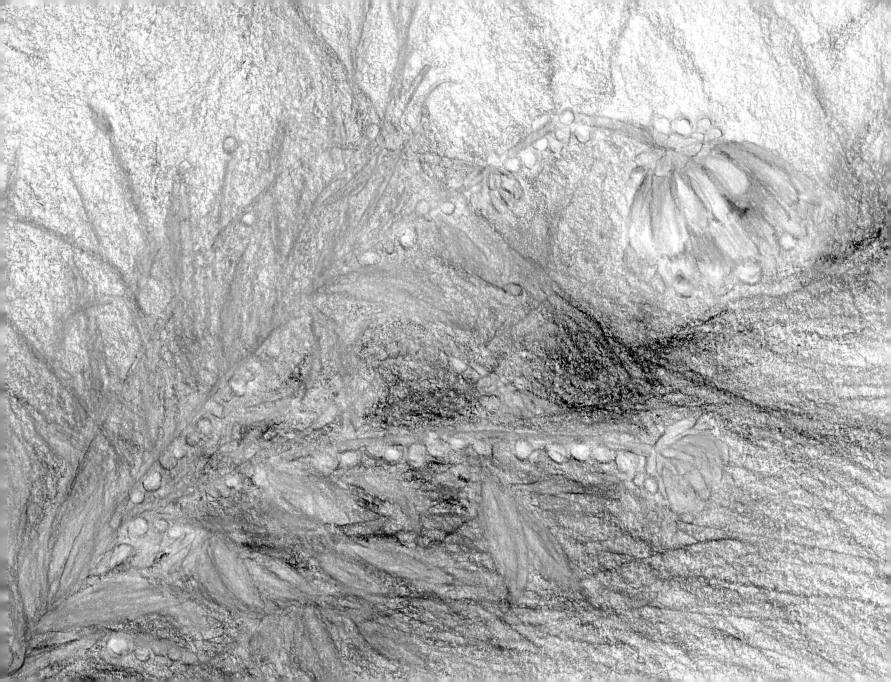

소나기가 쏟아졌어요.

산책로 길가 돌 틈 사이에 피어난 노란 금계국이
거센 비바람에 고개를 떨구고 바들바들 떨고 있어요.

물가 언덕 위 아기 오리들도 오들오들 떨고 있어요.

아빠 오리는 거센 빗줄기에도 아랑곳하지 않고 물속을 빙빙 도네요.

물고기를 입에 물고 바라보는 아빠 오리

엄마 오리와 아기 오리가 종알종알 아빠 오리를 응원하네요.

소나기가 그쳤어요.
달팽이가 꿈틀꿈틀 기어가고 있어요.

파란 하늘과 눈부신 햇살이

꽃잎 하나하나를 정겹게 어루만져 주네요.

"뽀글아, 조심조심!"

산책길 엄마의 걱정은 아랑곳없이 내 몸은 날아갈 듯 촐랑거려요.

돌다리 아래, 뒤뚱뒤뚱 아기 오리들이 물을 콕콕 찍고 있어요.

서툰 솜씨지만 하루빨리 먹이 사냥을 익혀야지요.

목을 길게 세우고 바라보는 엄마 오리는 한눈팔 새 없어요.

어느새 한여름

목이 한층 길어진 아기 오리들이 물 위를 신나게 돌아다니고 있어요.

저 멀리 우아한 두루미도 보여요.

"뽀글아, 저것 봐! 아기 오리들이 엄청 많이 컸어!"

엄마의 호들갑에 쫄랑쫄랑 따르던 내 발걸음이 뚝 멈추었어요.

아기 오리들은 어느덧 엄마 모습을 많이 닮았어요.

이리저리 짝지어 몰려다니다가

둥둥 떠 있는 개구리밥을 입에 물기도 하고

머리를 물속에 박고 다리를 바둥대는 모습들이

하도 귀여워 눈을 뗄 수 없어요.

해 질 무렵 배고픈 고양이가 아기 오리들을 노려보고 있어요.

'얘들아, 고양이다. 빨리 피해!'

깜짝 놀란 아기 오리들이 허겁지겁 도망가요.

소슬한 바람을 타고 더위가 식어갑니다.

얕은 물가에서 오리 한 마리가 어설픈 날갯짓을 하고 있어요.

한순간, 날개를 쫙 펴더니

두 발을 번쩍 들어 오므리고 하늘로 날아올랐어요.

노란 주둥이 끝에는 물방울이 송골송골 맺혀 있어요.

비 내리는 석사천,

웅크린 날개를 활짝 펴고 퍼덕거리는 오리 한 마리.

곁에서 응원하는 오리도 보여요.

먼저 익힌 오리가 나는 방법을 가르쳐 주나 봐요.

‘따따따 딱 따다 닥!’
오리들이 하나둘씩 물보라를 일으키며 날아올라요.

'꾸-웩 꾸-웩'

오리들의 환호성이 하늘에 울려 퍼져요.

길섶 덤불 위 연분홍 메꽃이 길게 목을 내밀고 쳐다보네요.

푸르던 풀들이 노랗게 물들고

꽃피던 자리엔 씨앗들이 맺혔어요.

푸른색이 더해진 물결 위,

오리들은 진갈색으로 변했어요.

엄마, 아빠 오리만큼 자란 아기 오리가 친구와 소곤소곤 속삭여요.

석사천에 함박눈이 펑펑 내려요.

엄마가 아빠랑 산책 준비를 하시네요.

꼬리를 살랑살랑 흔들고

두 발로 콩콩 뛰며 같이 가자고 애교를 부렸어요.

저 멀리 오리들이 보여요.

차가운 물 위를 힘차게 달리고 있어요.

저기 눈 덮인 덤불 속으로

오리들이 짝을 지어 드나들고 있어요.

멀리서 이들을 지켜보는 두 마리의 오리도 보여요.

돌다리에 앉으니

지난봄 아기 오리들이 눈앞에 아른거려요.

솔잎 위에 살포시 내려앉은 눈송이가
달콤하고 폭신폭신한 솜사탕 같아요.

나른히 낮잠에 빠져드는 어느 날,

"뽀글아, 햇살 따뜻한 봄날이야. 우리 산책하러 갈까?"

꿈결 따라 엄마 목소리가 아련히 들려옵니다.